KB105042

손 모아 한 걸음 내딛는 우리

담쟁이 이야기

손 모아 한 걸음 내딛는 우리

담쟁이 이야기

발　행 | 2023년 8월 8일
저　자 | 19기 담쟁이(2023학년도 백성초등학교 5학년 3반)
표　지 | 김혜영선생님 & 19기 담쟁이
펴낸이 | 한건희
펴낸곳 | 주식회사 부크크
출판사등록 | 2014.07.15.(제2014-16호)
주　소 | 서울특별시 금천구 가산디지털1로 119 SK트윈타워 A동 305호
전　화 | 1670-8316
이메일 | info@bookk.co.kr

ISBN | 979-11-410-3889-2

www.bookk.co.kr

손 모아 한 걸음 내딛는 우리

담쟁이이야기

손 모아 한 걸음 내딛는 우리
백성초등학교 5학년 3반
19기 담쟁이들에게 바칩니다.

목 차

3반방의 선물

김혜영선생님

손 모아
한 걸음 내딛는 우리

우리 반은
서로 배려하고 협동하는 반
용기, 안전, 창의성

우리 반 웃음 코드 준호
차분하고 침착한 지영
무슨 일이든 알아서 척척 효리
친구 배려왕 따뜻한 마음씨 도건
세심 친절 애교쟁이 명준
언제나 예의 바른 예찬
늘 씩씩하고 활기찬 재원
성실 책임감 넘치는 진우
조용조용 무엇이든 열심인 현기
수줍은 매력이 있는 효빈
활짝 웃는 모습이 예쁜 유나
친절 사랑 넘치는 은찬
세심한 관찰력 게 박사 홍준
친절하고 너그러운 서진
마음이 따뜻하고 환한 수안
남다른 용기가 있는 승호
볼수록 매력 넘치는 하은
즐겁게 청소 봉사하는 동준
조용히 할 말 다하는 수인
어려운 친구 도와주는 재인
공부도, 춤도! 팔방미인 정인
꼼꼼 세심 열심 지율
할 일에 최선을 다하는 민유
선생님이 필요할 때 달려오는 수현
초긍정 마인드 뿜뿜 찬비
시원시원 맘 넓은 아영
새로운 도전 용기백배 민준

2023년 한가득 선물로 찾아온
19기 담쟁이 친구들
감~사랑합니다.

동물 사랑

생명을 가진
작은 곤충,
동물에게도
애정어린 눈길로
사랑을 담는
순수한 아이들

뒤뚱뒤뚱 펭귄

권효리

날개가 있어 빠른
펭귄

바다에선 새 같은
펭귄

뒤뚱뒤뚱
귀엽게 걷는
펭귄

뽀로로도
펭수도
펭귄

먹이도
잘먹는 펭귄

오늘도
내일도
모래도

열심히
수영하고
먹이먹는
귀여운
펭귄

사마귀

김명준

학원 끝나고 가고 있는데
바스락- 바스락
내가 본 것은 사마귀

사마귀도 날보자
나는 깜짝놀라 -어이쿠!-
사마귀와 눈치를 보며 다가 갔다.

사마귀는 당황한 듯
눈을 요리조리 보며 도망치다
푸드득-푸드득 날아갔다

나는 또 놀라
-어이쿠!-
또 넘어졌다.

용감한 늑대

김예찬

보름달이 있으면
빠르게 달려 와서
힘차고 우렁찬 소리로
"아우!"

색깔은 돌멩이처럼
진한 회색

무리 지어
다니면 더 강해지는 늑대들

늑대는 정말 용감하다.

호랑이

김현기

엄마, 아빠, 친구들과 동물원 갔을 때 본
호랑이

날카로운 이빨과 발톱 줄무늬가 있는
호랑이

쿨쿨~ 자고있는 호랑이

어흥하고 소리내는 호랑이

강아지

김효빈

말캉말캉
폭신폭신
귀엽게 생긴 강아지
기다란 입
짧은 입
다양한 입모양
멍멍
월월
짖으면 시끄러워

솜일까 강아지일까?

손은찬

저 멀리 작은 구름이 낮게
나는 걸 보았다 생각해보니
솜 같기도 하고 눈 같기도 하고

가까이 가보 강아지가 있었다
아마 빅비 솜일 꺼다

라마? 솜? 양? 솜사탕? 구름? 강아지!
너무 귀엽다

보글보글 게

안홍준

두뒤어다니는 게 적이 쫓아 올까봐
다리 자르고도 도망친다
다리를 잘르고 허물을 벗고
다리가 다시 생겼다
장군처럼 멋진 갑옷 입고도 도망다니기도 한다
겁먹어서 부글부글 거품문다
숨못쉬서 부글부글 거품문다
나잡을라 도망친다

불쌍한 게

안홍준

아침에 일어나니
게가 죽었다
게가 죽었다며
우 왜앵으앙
발 동동 구르며운다
엄마가 잡으러가자 말해도
싫다며 으애앵
내가운다

귀여운 동물, 여우!!

유서진

어느날, 귀여운 사진을 봤다.
그것은 바로 아기여우였다.

여우는 고양이처럼 귀가
쀼족쀼족
성격은 강아지처럼
우다다다 우다다다

사막에서도
우다다다
북극에서도
우다다다

어디있고, 무슨여우든,
결국, 난 빠져버렸다.

너무 귀여운 고양이

유수안

고양이는
야옹~ 야옹~
고양이는
항상 귀여운 울음소리

항상
초롱초롱 한 눈빛

고양이는
츄르랑 사료만 있으면
우다닥
쩝쩝

참새와 고양이

유승호

한 마을 얼룩이 있는 고양이가
벌럭벌럭 뛰고 왔다.

참새도 짹짹나와
고양이는 참새한테
팍 공격을 했다.
참새는 부리로 쪽쪽
공격했다.

싸움이 끝나고
참새랑 고양이는
가던 길을 갔다.

펭도리 펭귄

이동준

귀여운 펭귄
사랑스러운 펭귄

TV와 책에서 만난
펭귄

사는 곳은 남극
남극은 춥다.
정말
냉장고보다 춥다.
정말

꽤 많이 잘하는 건
수영, 물고기 먹기
뭐든지 잘하는 펭귄

-"빙하가 녹고있다. 평소에
분리 수거 잘해라 펭"-

포켓몬볼에 담고 싶은 고양이

이수인

고양이 카페에서

어떤 고양이가

나한테 냐옹 냐옹

나는 순간 포켓몬볼에 담아서

가지고 싶은데

엄마가 고양이는 안돼!

누나가 "강아지"라고 하면

"엄마는 강아지도 안돼!!"

라고 한다.

슬프다.

내가 키우는 거북이

이재인

거북이는 제법 빠르다.
아장아장
처음 집에 왔을 때에는
집에만 들어가 있었지만
점점 익숙해지니 빨리 다닌다.

엉금엉금
내가 자고 일어나서 밥을 주러 가면
밥 그릇 앞에서 기다리고 있다.
사과를 주면 아삭아삭

쿨쿨
잠을 잘 때는
사부작 사부작
땅을 파고 있다.

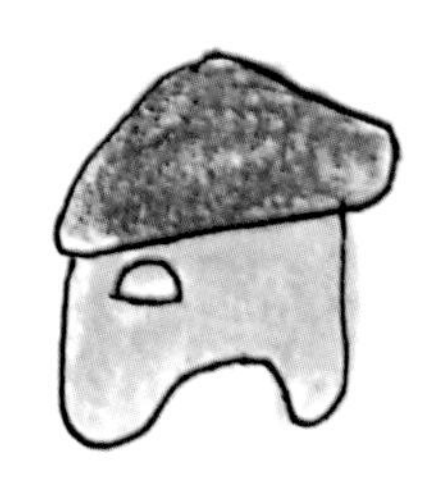

귀여운 강아지

이지율

강아지를 혼자 집에 두고 나가면
낑낑 거리고 문을 샥샥샥 긁고,
마음이 무거워서 나갈 수가 없다.

엄마한테 '데려오자잉~!' 라고 하면
'강아지! 에이~! 안돼' '아~ 내가 다~ 치울게!'
'아니 엄마 뭐이야' '치이...'

세모난 코 부들부들한 털.
놀아 달라고 배를 까고
공을 물어오는 귀여운 강아지!

밥 달라고
나의 다리를 샥샥 침도 뚝뚝

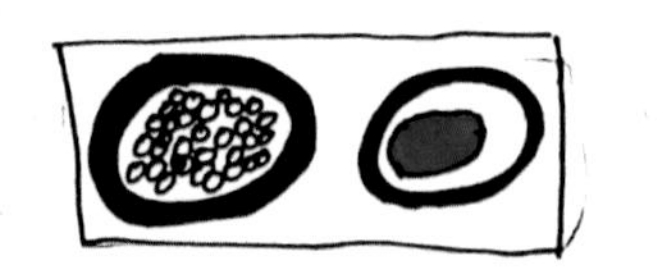

까르륵 강아지 입양

정 민 유

까르륵 까르륵 까르륵 까르륵 까르륵

아빠가 갑자기

강아질 입양 하자고

동생과 나는 너무 신나

까르륵 —

아빠도 덩달아

까르륵 —

강아지가 도착해 신나

까르륵 —

호 랑 이

정 민 유

호랑인 내가
아주 아주
좋아하는 동물
카리스마가
아주 아주
넘치고
내가 아주 아주
존경하는 동물 중 하나
난 호랑이가
아주 아주
좋다

쥐와 고양이

허찬비

내가 화장실에서 나올때
항상 앞에서 기다리는 고양이

내 가 나오면 "야옹!" 하고
달려오지만
피해도 소용없다

오늘도 난 고통속으로
빠진다.

코끼리 아저씨

허찬비

동물원에 가면
보이는 동물원을 부술만한 크기

한발짝하면 "쿵"
두발짝하면또 "쿵"

그 누구도 들 수 없는
코끼리 아저씨

우르르
우르르

맛대맛

우리 생활에서
맛있는 음식 이야기가
빠질 순 없지요.

우리가 좋아하는 음식들로
눈과 입을
즐겁게 해주는
맛있는 상상을 해봐요.

마라탕

공지영

엄마와 함께 미용실에
갔다가
꼭 들르는 곳
마라탕집

나는 재료를 바구니에 넣는다
옥수수면, 버섯, 숙주...

엄마는 10000원 넘게
나는 10000원 가까이

마라탕은
특유의 매콤얼얼한 맛

방울토마토

김명준

꼭꼭 숨어라 새싹줄기 보일라.
일주일동안 꼭꼭숨어 안보이던
새싹 다음 주 월요일날 보니 찾았다

화요일은 좀 더 크고 수요일은
점점 더 커지고 목요일도 커지고

하하하 좋겠다 나도 하루 빨리
1cm라도 더 커지면 세상에 기쁜
날이 따로 없겠네.

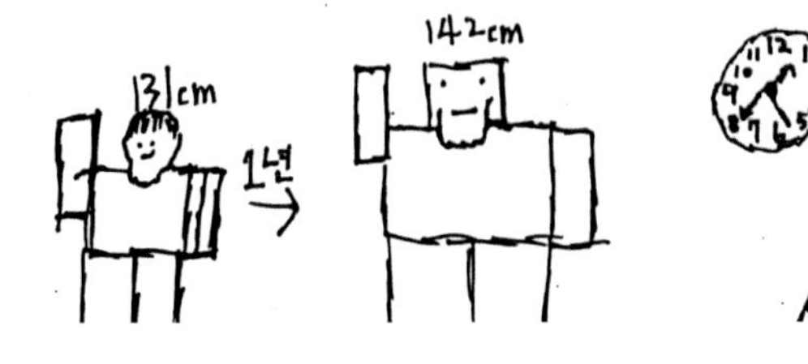

김치

김지우

매콤 새콤 짭짤
맛있는 김치

고춧가루 마늘 생강 배추
버무려 버무려
맛있는 김치

밥에 얹어 한입
삼겹살과 함께 한입
맛있는 김치

빨강 떡볶이

김효빈

할머니께서 만들어주신 빨간 떡볶이
떡, 어묵, 소스, 파를 넣어 지글지글
매콤한 냄새
달달한 냄새
할머니께서 만들어주신 빨강 떡볶이가
좋다.

입맛 없을 때, 계란볶음밥

유수안

입맛 없을 때 "킁킁" 고소한 향기
어머니가 만들고 계시던
고소한 계란 볶음밥

버터를 넣으면
더 고소해진 계란 볶음밥

김치와 먹으면 "매콤 고소" 맛난
계란 볶음 밥
언제 먹어도 맛있는
계란 볶음 밥

바삭바삭 옛날 통닭

유승호

엄마 아빠가 옛날통닭을
사주셨다.

옛날 통닭이 바삭바삭
소금 찍어 짭짤

색깔을 보니 마치
밤의 색깔 같다.

바삭바삭 해서
참 맛있다!

엄마표 닭발

유하은

닭발 먹어라
아그작 깨물면
뼈만 쏙쏙

매우면 계란찜을
후후 불어 호로록

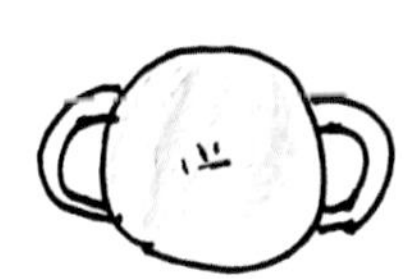

매우면 주먹밥을
한입에 쏙

맛있게 먹다보니
닭발이 순식간에 사라졌다.

수박 씨

유하은

더워서 냉장고를 보니
동그란 수박이 덩그러니

칼로 자르니 잘 익은
수박

한입 먹어보니
즙이 터진다.

먹다 보면 씨가 있다.
씨를 퉤! 퉤!

요번 여름은 수박으로~~

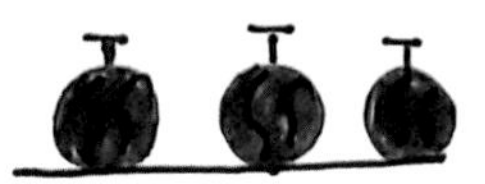

피이자아는 무지개 꽃

이동준

맛있는 피자
빵 맛, 고기맛, 토마토 맛, 치즈 맛
다 갖춘 피자
피자를 시키면 가슴이 두근 두근

빵, 치즈, 토마토 소스, 햄이 있어
두근 두근
햄이랑 내가 좋아하는 라면이랑
먹으면 감탄이 저절로
진라면이랑 먹으면 진짜 맛있고
신라면이랑 먹으면 신의 라면

빨간색, 노란색등
무지개색 있는 피자

한마디로 피자는
먹을 수 있는
무지개 꽃이다.

답답한 급식실

이수인

오늘은 특별• 급식을 먹는다.

라면이 나오는데 줄이

기차처럼 길다.

드디어, 나의 차례!

1분...

2분...

아직 과자다.

3분...

곧 있으면 익는다.

4분...

5분...

열어보니 국물이 없다.

노릇 노릇한 김치전

이재인

김치를 반죽에 넣어 잘 섞는 다.
후라이팬에 올리면 치이익 치이익
지글 지글
노릇 노릇

비오는 날 먹는 김치전
오징어와 김치가 씹힌다.
아삭아삭
냠냠

김치~

크게 만들어 가족 다같이 나누어 먹는다.
하하 호호
다함께 웃으며 먹으니
좋기도하고 재미있다.
다음에 또 해먹어야지~!!

데리야끼의 유혹

이정인

지글지글지글

고기가 익고 있다

냠냠 쩝쩝

고기를 다먹고
배부른데

엄마가 데리야끼를
구운다고 하면

마치 데리야끼 배를
따로 만들어 놓은거 처럼

다시 배고파진다

나도 이제
데리야끼의 유혹에
홀린걸까

우동

이준호

우동을 먹으려고 갔는데,
어떤 사람이
나한테 우동을 줬다

한번 맛보았는데
맛이 너무 좋아
거의 죽었다,

고등어김치찜 

조수현

달콤 매콤 냄새 풍기는
고등어김치찜
어쩌다 맡은
고등어김치찜 냄새

얼마나 맛있을까
저번에 먹었은
고등어김치찜 맛을
쩝쩝 다셔보는데
달콤 매콤 김치의맛

푸릇푸릇 고등어가
쫄깃쫄깃
김치는 아삭아삭
바삭바삭 김에 싸 먹으면
꿀맛!~

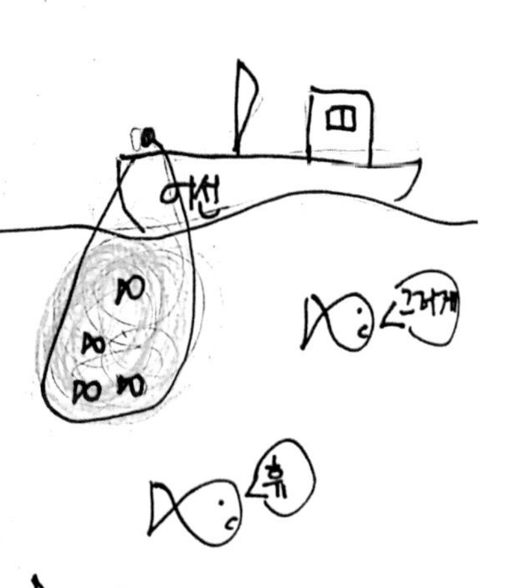

미역국 놀이터

허찬비

할머니집만 가면
들고오시는
내 몸만한 미역국
난 그걸 보고 눈을 어디둬야
할 지 모르겠다.

그래도 한입먹으면

입에서 고기가
미역 미끄럼틀을 타고
"스르륵"
목구멍으로
미역도 뒤따라
"스르륵"

내입안 놀이터

아삭아삭 수박

황아영

아삭아삭 수박
더울때 먹으면
정말 시원하지
아삭!

한입 먹어보면
더위가 사르르
녹아버리지

노란 계란찜

황아영

노오란 계란찜
계란을 톡톡 까면
노란 계란이 나오지

촤르르 물을 넣고
소금을 솔솔

이제
똑깍
똑깍
기다리면

노란 계란찜

뚝딱

스테이크 크림 파스타

김민준

스테이크 크림파스타는
느끼하다
배에서
니글니글 거린다.

그래도
정말 맛있다
스테이크 크림파스타
내 마음속에 저장

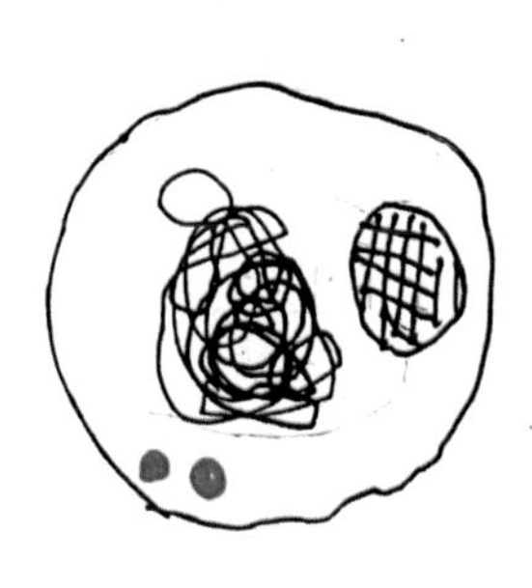

개성이 넘치는 교실

쉬는 시간이 되면 하하호호

수업 시간에는 눈이 반짝

급식 시간에는 군침이 츄르릅~

하루에 절반 가까이 학교에서 보내는

우리들의 일상

신나는 점심 시간

이준호

점심시간은

밥먹고

친구들과 함께하는

놀이 시간

경찰과 도둑

축구

보드게임

다하기에는

시간이 짧다.

좀더 길었으면

화산 폭발 친구

이준호

친구랑
체스게임

내가 이기고
친구는 졌다.

친구는
키보드를 쾅쾅
화산 폭발
게임에서 퇴장

나는 좀울었는데
괜찮다

돌담교실

공지영

우리는 19기 담쟁이
담쟁이 처럼 담을 넘어
쑥 쑥 자란다

우리반만 아는 비밀의 우리교실

구건효리

들어오면 느껴지는
우리반만의
공기

선생님이 문을
활짝
열어 인사하면
우렁차게 대답하는
우리반만의
함성!

우리 반

김도건

우리반은 쉬는시간이 되면

하하하

호호호

웃으며 논다

우리반은 학교가 끝나면

우르르

우르르

나간다

시끄러운 교실

김명균

우리반은 쉬는시간만 되면
우왕좌왕
우왕좌왕 시끌벅적

다시 수업시간만 되면
—야 쉬는시간 끝났어—
하면 더 시끄러워 지는
우리 반.

시끌벅적한 우리교실

김예찬

우리반은
수업 시간만 되면
새근 새근

쉬는 시간이 되면

우왕 좌왕

다시 수업시간이 되면
더 놀고싶어서
친구와 소곤 소곤

우리 반은

정말 노는것을 좋아한다.

친구

김재원

즐거울때같이웃는친구

슬플때 같이우는 친구

다른친구의 마음을 해아려주는친구

친구와 자주싸우 는 친구

세상에는 여러친구들이 많다.

미덕의 교실

김진우

미덕의 교실
날이 갈수록
미덕의 보석들은 커진다.
또 커지고
또 커지고
교실 안을 가득 채웠다.

재밌는 교실

김헌기

27명 우리반 친구들

쉬는시간에는 시끌시끌 하하호호
수업시간에는 소곤소곤
발표할 땐 또랑또랑

하교시간에는 우르르 우르르

빠른교실

안홍준

수많은 책상중에
그일부가 장난을친다
선생님 이 올까 말까
터벅터벅
앗 깜짝이야
으
선 생님이
싸뿔하게
걸어간다

얘들아
장난치지 마라
선생님오신다.

체육이 제일 좋은 교실

유서진

우리반은 체육만 되면
우르르 우르르
체육을 열심열심
돌아오면 땀이
뻘뻘 뻘뻘
물을 벌컥벌컥

결국 우리반은
여름이 되었네

물병 세우기

유승호

한 교실 친구들이
물병세우기를 한다.

친구들은 팍팍 물병을
던진다.

친구들은 뭐를 건다.
세우자

친구들은 입을 벌린다.
물병 세우기는 역시
재밌어.

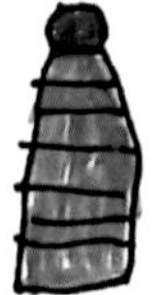

우리 반의 아침

이지윤

우리 반은 아침활동을 할때까지 시끌시끌!

늦은 친구가 오면 쌤 앞에 앉아서 이야기한다.
그리고 변화계획서를 쓴다.

아침시간이 오고, 인사를 한다.
손뼉을 치며 안녕, 안녕하세요 등등 이야기 나눈다.
그리고,

아침체조 시작한다. 몸이 쭉~쭉!
키가 크는 느낌!

미덕 발표하고 아침활동이 끝난다.

빨간 교실

조수현

커다란 떡볶이 기계에
고추장 듬뿍
떡도 듬뿍

지글지글
보글보글
떡볶이가 끓는다.

먹고싶고 또 먹고싶다.
아직 익지 않았지만
먹고싶다.

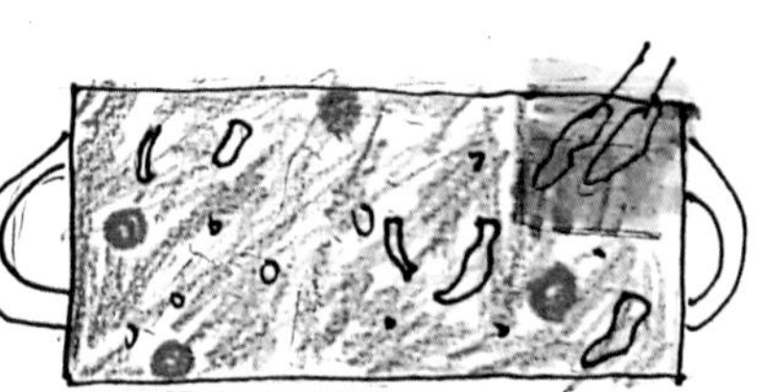

다 익으면 친구들과
냠냠 쩝쩝
나눠 먹으면
아주 맛있는 떡볶이

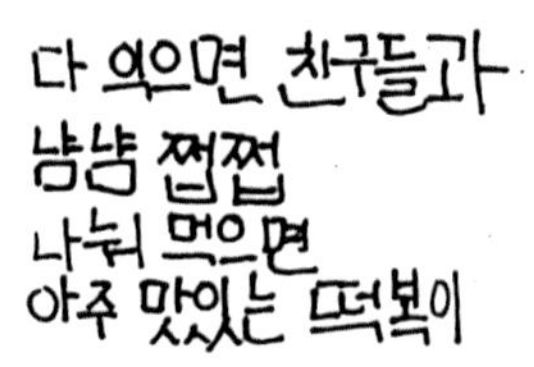

우리반은 떡볶이 교실
빨간교실
언제나 냠냠쩝쩝

쉬는시간 교실

황아영

쉬는시간 교실 앞
참새가
짹짹짹
훨훨훨
우리들은
우당탕탕
우당탕탕
쉬는시간이 끝나면
우리반 종소리가
띠잉

나만의 이야기

가족, 친구와 함께
생활하는 일상 속에서
이런 생각 저런 생각

우리는 날마다
손톱만큼이라도
조금씩 자라고 있습니다.

재미있는 스타필드

공지영

오락실에선
게임같이
재밌는 것들

다이소에선
생활용품 같이
필요한 것들

베라에선
맛있는 아이스크림

쇼핑할땐
꼭 필요한 것만

스타필드는 재미있다

내 필통

권효리

내 필통
닫기 힘들지

내 필통
배 터지면
어떡하지?

내 필통이
항상
나에게
하는 말

"연필 좀 그만 넣어,
나 배불러! 배터지겠어!"

아침 달팽이

김도건

내가 아침에 일어나면
느릿 느릿

내가 아침에 세수할때
느릿 느릿

내가 양치할때
느릿느릿

내가 밥 먹을 때
느릿느릿

내등에
달팽이 등껍질이
있나 보다
나는야 아침달팽이

문

김도건

문을 곰곰히 생각해보면
거꾸로하면 곰이다
크기, 색깔도 비슷하다
문은 열수있지만
곰은 못연다
곰을 열면 위험할수도 있다
문 → 곰

힘들어 하는 물건들

김예찬

집에서 열심히
청소를 하는
청소기의 심정

"청소를 그만했으면
좋겠어."

우왕좌왕 하며
즐겁게 축구하는
아이들

하지만 축구공은
이렇게 말한다

"애들이 나를
자꾸 차서
너무아파."

우리가 아무렇지
않게 물건을 쓰지만

물건들의 심정을
들어보면 조금은
불쌍하다.

민들레

김재원

키큰 나무들 사이
작은 민들레 한 송이
민들레는 꿈이있다.
나도 나무들처럼 자라야지!

동생

김재원

동생은 엄마를 좋아한다.
동생과 싸우면 내가 더 혼난다.
동생은 나를 싫어 하는것같다.
엄마는 동생이 나를 좋아한다 했다.
정말 동생 속마음은 알수없다.

음식물쓰레기

김진우

왜 일까

계속 음식물 쓰레기가

나온다.

또 나오고

또 나온다.

지구가 아파한다.

그래도 계속 나오는

음식물 쓰레기

자 전 거

김현기

나에게 즐거움을 주는 자전거
친구와 함께 타서 더 재미있는 자전거

아빠와 함께 동네 한 바퀴
타도 타도 즐겁고 또 타고 싶은
내 친구 자전거

아프면 안돼
소중한 내 자전거

언제나 하하

김효빈

나는 어디서 무엇을 해도 하하 웃는다.
밥을 먹을 때도 하하 웃는다.
놀을 때도 하하 웃는다.
잠을 자려고 할 때도 하하 웃는다.
나는 무엇을 해도 하하 웃는다.

내가 쓴 글자들

손유나

요요
여우
아이
우유

손유나
아야어여오요

7월14일
아야어여오요
우유으이
오이

제주도 여행

손은찬

비행기가 이륙하기전
사람들이 시끌벅적
말그대로 아수라장

비행기가 찬란한 엔진소리를
위이이이잉!) 기내는
엔진소리로 꽉찼다

시간뒤 기내 방송으로
거이 다 왔다 한다 비행기가
도착 할수록 내 심장은 콩닥콩닥

지우개

손은찬

지우개는 걸어갈때
똥을 남기고 간다

하지만 무언가를 지우면
더욱더 책상이 더러워진다

나쁜주인을 만나면
도넛이되는 지우개
불상한 지우개

연필과 지우개

유서진

어느날, 주인이 연필을잡고 공붛 한다
계속 거침없이 나간다
그러다 글씨하나를 틀렸다
그러니 지우개가
"하... 오늘은 내가 왜 안지우나 했다."
이젠 계속 틀린다

연필이 말한다
"잘 좀 써라!!"
지우개도 말한다
"나 새건데 까매지기 싫어!!"
결국 끝나기 전에 연필이
"똑"
하고 부러져
다른연필로 공부를 마저한다

긴장되는 3등 결정전

유승안

시끄러운 소리가 들려오는 대회
"백성초화이팅"
인사로 시작!
상대의 공이 약해도 쎄도
긴장을 풀고
"어이"
내 파트너와 기합을 넣고
"나이스 나이스볼"
게임셋이 되도록

"나이스 나이스볼 나이스 게임셋"
해낸 것이다
드디어 3등

에버랜드

유하은

재밌는 에버랜드

T익스프레스는
슈우웅

아마존은 덜컹
슈루룩

범퍼카는
퉁퉁

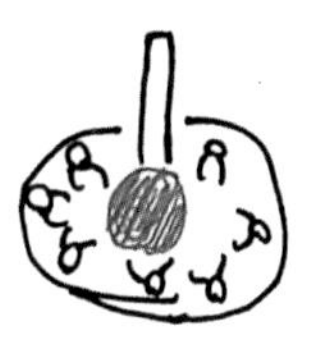

허리케인은
치이잉 치이잉

재미있는 놀이

이동준

재미있는 물 병세우기
재미 있다.

하하!

-“와!!!”, “하하하하”-

재미있는 경찰과 도둑
재미있다.

-친구한테 살려달라고 “나 살려줘!”-
-친구가 잡히 지 말라고 “아, 제발.”-

재미있는 놀이 터에서 술래 잡기할때
-잡히면 “으악!!!”-
-“도망쳐!!!”-

재미있는 놀이가 많다.

참을성이 없는 친구

이수인

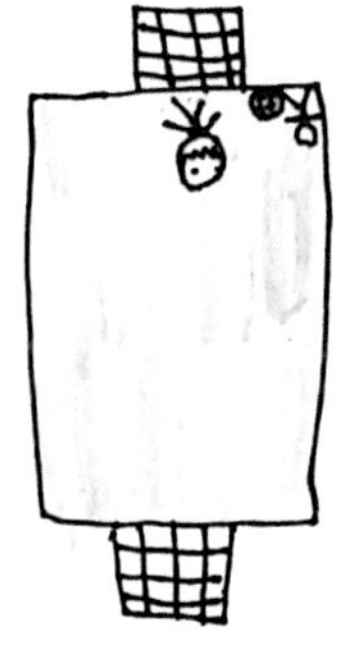

친구와 노는데
코너킥이 였다.
친구가 답답 했는지 나한테
"빨리 차!" 라고 말했다.
내가 "알겠다고!!" 했더니
친구는 경기장을 나갔다.
참을성이 없는 친구

나의 메모지

이재인

휙휙
여기는 어디지?
무서워

어? 빛이 보인다!
사각사각
으 간지러워
주인아 글씨 좀 바르게 써!

나를 제발 사줘~
어? 고리에서 빠졌다!
미안해 친구들아
나는 이제 자유야!

오늘할일
1. 책읽기
2. 문제집 풀기
3. 책상 정리

축구공

이정인

나는 축구 공

연습할때 많이 찢어지고
까져도

오늘도 월드컵을 위해
열심히 달리고 있는 선수들 옆에

같이 달리고 있다.

어릴적 생각

이정인

"왜 머리카락이 자라지?"
"왜 손가락은 다섯개야?"
"왜 눈은 두개야?"

왜? 왜? 왜?

물음표 살인마 우리 동생

말하는 법 배웠다고

말을 우다다다

내뱉어서

귀가 터질거 같다

가족 다툼.

이지율

나와 언니는 거의 매일 싸운다.

아침마다 싸워서
기분이 좀 그런데... 그럴때마다
친구들에게 말을하면서 스트레스를 푼다.

아침 마다 '아악!'라고 큰 소리가 나고
머리를 잡으면서 '하나, 둘, 셋' 하면
'놔라' 언니가 말한다.
그리고 내가 '하나, 둘, 셋 하면
우리는 손 놓아준다.
머리가 아프다.

어이 없고, 욕을 하고 싶지만..
언니니까 예의상 욕은 하지 않는다.
좀 대들 뿐...

시간은 간다...

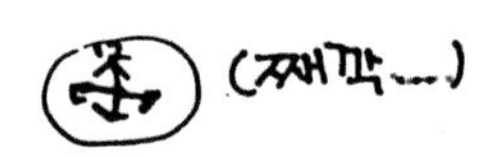

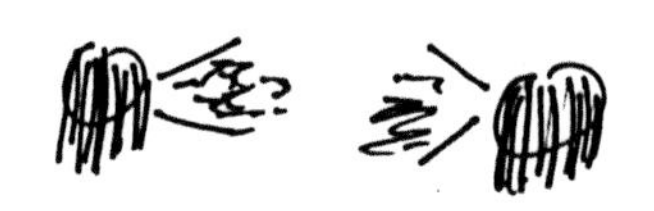

수영장

정 민 유

친척이랑 수영장에 갔다
물 속에 숮이 들어갔는데 물이 넘 차가웠다
그래도 금방 적응했다
배구를 하는데 공이 저기 산 너머로 넘어 갔다
너므 재밌었다

사물함

조수현

어질어질
어질러진
사물함

정리해줘!
정리해줘!
울부짖는
사물함

금방 정리해 봤자
또 어질러지는
사물함

나의학교사물함

시끄러운 놀이공원

김민준

롤러코스터를 타러 가면
사람들이
아아아아~!!
소리지르고

바이킹을 타러 가면
사람들이
아아아아~!!
소리지르고

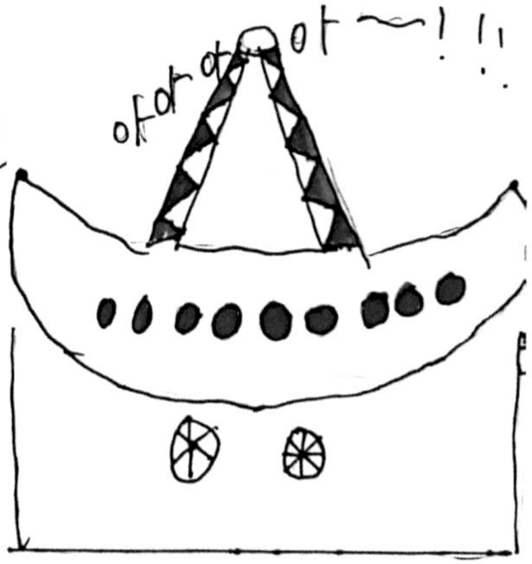

놀이공원은
정말 시끄럽다

하지만
시끄러운 만큼 재밌다

아아아아~!!!

아 빠

김민준

아 빠가 일할때

집중하면

내 말을 안듣는다

아 빠가 집중이 풀리면

"어, 아들 왜?"

그럼 나는 말 하더련

말을

까먹는다

그래도 좋다

우리가 함께 쓴 시

부모님께

19기 담쟁이

부모님이 가장 소중해요
엄마 아빠는 정말 소중한 존재예요
부모님이 제 가족인 것만으로도
기뻐요

엄마아빠랑 함께 있으면 좋아요
엄마 아빠 마음 이해해요
실수를 할 수도 있어요

전 엄마 아빠를 믿어요
항상 부모님 편이에요
힘들 땐 울어도 괜찮아요

엄마아빠도
하고 싶은 것 다하세요

낳아주셔서 감사해요
키워주셔서 감사해요
곁에 있어 주셔서 감사해요

힘들 때 위로해주셔서 감사해요
힘들 때 응원해주셔서 감사해요
힘든 데도 일해주셔서 감사해요
매일 따뜻한 집에서
살 수 있게 해주셔서 감사해요

매일 사랑한다고 해주셔서 감사해요
맛있는 밥을 차려주셔서 감사해요
항상 도와주셔서 감사해요
항상 나를 생각해주고
챙겨줘서 고마워요

엄마 아빠가 가장 자랑스러워요
잘 못해드려서 죄송해요
앞으로 재미있는 하루를
만들어 드릴게요
앞을 잘 보고 뒤도 잘보는
사람이 될게요

오래 오래 건강해서 함께 해요
항상 사랑해요
감~사랑해요

19기 담쟁이들에게

'나도 작가프로젝트'를 진행하면서 시가 재미있어졌다는
우리 19기 담쟁이들의 첫 시집이 출판되었습니다.
처음이라 부족하지만,
우리 나름대로 최선을 다해 만들었다는 것을
우리는 알고 있습니다.

이 첫걸음이 여러분에게 좋은 경험이 되어
꿈을 펼치는 밑거름이 되었으면 합니다.

하루 하루 일상을 살아가는 중에
각자 자신만의 색깔을 빛내며
그 자리에 있어 주어서 고맙습니다.

우리에게 주어진 시간 속에서
선생님은 여러분을 만날 때마다
즐겁고 신나고 행복했습니다.

훗날 이 책을 보면서
추억할 수 있는 오늘이었으면 좋겠습니다.
감~사랑합니다!

- 담쟁이샘 김혜영선생님으로부터 -